KB138647

서로사랑

천국의 숲은 이곳이지요.

매서운 그림자 뒤덮여 흐느끼는 것 밖 아무 것도 못할 벽 안 흐르는 한 줄기 빛, 그건 용서이지요.

천국의 꽃은 이이이지요.

함박꽃나무 터트리는 하얀 웃음울음 이 마음이 이 마음으로 보여 흐르는 슬픈 목청(木靑), 그건 생명이지요.

천국의 밭은 영원이지요.

현재(現在)는 현재(顯在)를 볼 수 없음의 깨침 안서 탄생하려고 기다리는 겨자씨들, 그건 믿음이지요.

봄벗

봄벗

ⓒ이채현, 2021

1판 1쇄 인쇄__2021년 12월 01일
1판 1쇄 발행__2021년 12월 10일

지은이__이채현
펴낸이__양정섭

펴낸곳__예서
       등록__제2019-000020호

제작·공급__경진출판
       사업장주소__서울특별시 금천구 시흥대로 57길 17(시흥동) 영광빌딩 203호
       전화__070-7550-7776 팩스__02-806-7282
       홈페이지__http://https://mykyungjin.tistory.com
       이메일__mykyungjin@daum.net

값 10,000원
ISBN 979-11-91938-03-6 03810

예서의시 017

봄벗

이채현 시집

예서

차례

서로사랑

제1부

제2부

제3부

제4부

제1부

은총(Grace)

연유(緣由)를 찾지 못하는 연유(緣由)에

차갑고 모진 계절 없애주시기보다 함께하여주심 그 계절
이미 앞서 당신은

그리고 이즈음 늦은 봄날 당신을

새

싸 매 안으신, 연(戀)잎

내공(內工) 견고한 변주 곡조
숲서
들리는 귀

뜰

홍엽(紅葉)의 가을이 오고 있습니다.

아마 풀밭에서 왔다 풀밭으로 가겠지요.
아마 하늘에서 왔다 하늘로 가겠지요.
아마 뿌리에서 왔다 뿌리로 가겠지요.
아마 의미에서 왔다 의미로 가겠지요.

오랜만 눈썹달 보이십니다.

생명수(繡)

영혼의 객관을 보고
내밀함 무늬를 열고
여태껏 매듭을 두고
심연의 고독을 뜨고
희망함 진실을 살고
극한서 기도함 당신

안개꽃

사랑, 그 모를
사람, 그 모를

붉은 벽돌 쌓으려는데

희생, 그 모를
당신, 그 모를

빛이 스미는 어둠

반어법

마음

삶

밭에 당신 아드님 역설에
봄눈*

*눈: 새로 막 터져 돋아나려는 초목의 싹

백합여인

길을 가다가 성당이 보이면 들어가 성전에서 하느님께, 예수님께, 성모님께, 모든 것을 말씀드리려무나. 스텔라.

나풀대는 사람이라 꽃잎 눈같이 나리다가 닿는 순간 직감하며 매(每) 떠오르는, 마음의 문 앞에 곡진하고 결곡하게 새겨 주신 글귀. 생사(生死)의 조우(遭遇)에서 천사 같으셨던 지음(知音)께 그리고 당신께, 들꽃 꽃다발 놓아 드리고자 합니다.

순간순간 선택

예수님 안은 나무같이럼
곱게 살아났다 하시며, 당신
꽃눈같이럼 사랑(agape)

갖춘잎*

사랑에도 뼈가 있어야겠습니다.
참 바름 옳음 곧음 굳음 질김 대참

사랑에도 살이 있어야겠습니다.
위함 깊음 연함 너름 고움 청아함 묵묵함

혹독히 자신을 사랑하는 법을 배워갑니다.
사군자(四君子)*

*갖춘잎: 잎새, 잎자루, 떡잎. 이 세 부분을 모두 갖춘 것
*사군자(四君子): 동양화에서, 고결함이 군자와 같다는 뜻으로, 매화 난초
 국화 대나무를 일컫는 말

순명

이 숲 쓰다듬으며 울어버리고 말 것 같습니다.

그루터기에 조심스레 앉으며 인사하렵니다.

여름나무

성(誠)한 초록잎들

무리마다 제(諸)아름다움빛깔
질 줄 아는 기다림의 미학

깍깍 저 새는 뭐라는 걸까.

따박따박 맛있는 것 찾아먹지 않아도 될
이 여름 내음

희망

　막다른 골목까지 이르고서야 돌아 나와 다른 길로 가는 이들이 있다.

　골목 끝 끝이기만 할까.

　마음의 각도를 조금씩 옮기며 풀빛이 살아나는데 벽을 타고 오르는데

마냥 좋은

길섶에 나뭇잎들이 컸습니다.
봄비가 왔네요.

나지막이서 발등을 간질이는 점점옥빛꽃잎이

이른 새벽입니다.
참새가 포르르 날아다닙니다.

걸음

접지는 말아야겠어요.
미완의 답들과 미완의 질문들

산 오름
어느 방향이든 길은 있으심을 가르치십니다.

곧은 길 고운 길

봄, 하얀 점잖은 둥근 잎 몇몇이 모여 이룬 꽃송이. 박 같고 달 같은 목련화. 가을이 저물 무렵 두터운 손만큼 크기의 짙은 초록이다. 꽃부터 열고 나중 잎을 여는 나무. 이 길을 스치며 내심 곱씹게 되는 지점이 있으니, 저 푸르른 목련잎. 목련나무에 그래도 그분께서 준비해 두셨구나 하는 그분의 뜻. 또 나무는 나뭇잎들을 모두 떠나보내는 큰일을 한다. 나무는 누구를 닮아 그 큰일들을 해내는가. 그분의 표양마냥.

가을 나뭇잎

누구나에게 보푸라기는 있는 것 같습니다. 까끌까끌함. 화려한 비단결에 황홀히 빛내다가 쉬 드러나고 맙니다. 어떻게 해석해야 할까요. 관계의 어려움은 전면(全面)의 부분에 대한 분석과 규정 때문이지요. 새로운 해석을 가능케 하는 여지가 내재하기 때문이지요. 절대적이란 없고 상대적이기 때문이지요. 띄엄띄엄 알록달록 제(諸)모습들이 비추이겠지요. 오색실타래 같기에 방법론을 이렇게 저렇게 모색할 필요가 있는 거지요. 우리는 모두 불완전한 사람이기에 지금의 인연에 깊은 숙고로 충실하기로 합니다.

꽃 피울 수 있더냐

당신이 하시는 일. 영혼에의 밀어. 의식주(衣食住)를 나눌 수는 있어도 사랑의 수(繡)로 감싸기란. 그래서 사도 바울이 사랑이 없으면 아무 것도 아니라고 하였나 봅니다. 사랑의 정점. 수많은 나뭇가지 그들이 되어야 합니다. 나는 없어지지 않으며 그들의 웃음 그들의 울음 그들의 속삭임 그들의 귀띔을 읽어낼 줄 알아야 합니다. 이것은 굉장한 인내를 요구합니다. 흔드는 신념과 흩날리는 신뢰에 그럼에도 불구하고 나아가야지요. 비밀한 기쁨은 이 가운데서 야생화가 피어나더라고요.

훈육(訓育)

그저 당신 앞에 머무릅니다. 묵주(黙珠)를 들고 방을 헤매다가 의자에 앉다가 방바닥에서 납작 엎드리었습니다. 서늘한 기운은 열이 많은 나를 받아 주시어 분심을 조금 가라앉혀 주셨습니다. 사나운 해일이 일고 간 일상은 예전 같지 않아, 내 나름의 신념의 터를 휩쓸고 간 불청객들로, 이것이 지옥이지 싶습니다. 담을 좀 아름답게 쌓지 그랬느냐 하신다면, 어떻게 담을 아름답게 쌓을 수 있느냐고 여쭙고 싶습니다. 그 담은 너 혼자서가 아니라 서로 쌓아가는 것이다 하실 때 한여름 그 뜨거운 담벼락을 오르는 담쟁이들 옆을 스치는 즈음.

순간순간일지라도

온갖 자연 동식물은 자신을 내어준다. 아침 눈 뜰 때 막막함 앞에서 이들의 생명을 성찰해 본다. 어떻게 살아야 할 것인가 하는 질문에 허공을 허우적거려 생채기가 돋을 또 하루지만 닿아야 할 곳은 자명하지 않는가. 내어주는 삶. 지속적으로 덕스런 마음밭 영혼의 섬세한 감지와 너그러운 인내에서 발현될지니. 사랑인 것. 떠오른다, 이런 분들. 마음눈이 아주 천천히 푸르게 자라나게 하시느라 긴 세월이신가. 닮으라 하시려. 감싸라하시려.

산책

야채를 깎는데 생채기가 나있습니다. 도려내는데 생채기의 뿌리가 얼마나 깊이 박혀 있는지 아픕니다. 마음이 생각나서. 심해를 이처럼 없앨 수 있다면 좋으련만. 어둠부터 치유해야 할까요. 옜. 아파트 길에 키 크기도 하구나 소나무. 아파트 바닥에 풀 낮기도 하구나. 모두 다 좋다 싶다가 다 살기 힘들겠다 싶다. 보랏빛 나비 풀 사이사이, 웃기만 하였단다, 바윗돌에 붙는다. 살아야겠다나. 걱정 말렴 애야,

괜찮겠는지요

　책이 귀한 사람이 있습니다. 가난한 인간입니다. 책을 먼저 사봅니다. 밥을 굶는지는 잘 모르겠습니다. 자연과 인간은 온통 책입니다. 책을 읽을 줄 알아야 자신의 책도 읽을 줄 압니다. 흑백 이분법적인 가치의 취사를 은연중 요구받습니다. 삶의 언어로 세상과 소통에서 상흔무더기라면. 마음어항 금빛 홍빛 은빛 노닐게 좀 고요하면 안 될까요. 어머니 별꽃주머니도 만드시지요.

제2부

까치발

아실까.
우리네, 모르실리 없다.
안 되는 것 아실까.
예수 그리스도같이, 안 되는 것 아실까.
원숭이 꽃신 신는 것 아신다.
팔랑 말뚝 꿈잠 아신다.

고해성사

겨울나무이고 싶습니다.
동목(冬木) 잎 모두 떨구고 파리한 하늘에 서 있고 싶습니다.

빛살 어느 날
떡잎 돋아나고 싶습니다.

진심

마음의 성(城) 안 샘, 샘 위 나무그림자.

샘 그 깊이로 들어가는 것이 무섭다.

패턴(pattern)

그(녀)는 왜 그럴까.
새 하루가 시작되는 아침마다
나는 왜 그럴까.

꽃차례*

*꽃이 줄기에서 달리는 형태를 말하는 순우리말이다. '유한화서'는 위에서
 아래로, 속에서 밖으로 피는 것이고, '무한화서'는 밑에서 위로, 밖에서 속
 으로 피는 것이다.

선물

한낮 눈 깜빡일 새 은빛 여우비 왔다갔습니다.

깊은 밤 눈 뜨니 노란 둥근 달 앞에 섰습니다.

사각사각 그려질 때마다 신기합니다. 받는 것도 참 기쁨이
군요. 그리하면서 당신이 생각났어요. 당신께 드린 것은, 타인
이 준 상처투성이 제 삶을 보아주십사 수십 년

사랑

무상성(無償性)*, 그 죽을 것만 같은
숲길서 삶

*무상성(無償性): 너희가 거저 받았으니 거저 주어라.

파삭파삭한 그리움이라는 단어

이상하게도 하늘빛깔이 참 좋다. 하늘빛수국도.

지음(知音)* 이파리이파리 까슬까슬함에 본향(本鄕) 찾아
드는 새

*지음(知音): 마음이 서로 통하는 친한 벗

연필향나무

마음보다
머리가

그래서
마음도

손도
발도

그래서

그리스도 지식의 향내 내어주려는 사랑일지도, 그런 사람
일지도.

겨울 숲

그간 진폭 단호함이 익혔고 날카로움이 배었고 어찌

이방(異邦) 나리는 빛향 살다 오라 하시는 이유 허공

어찌 웅숭깊은 극지(極地)서 비추이는 가지 사이 금빛

인격적 만남

마음의 잔치서

허위(虛僞)에 회칠하려 들수록 허위(虛僞)가 명료하게 드러
난다. 허나 어떤 허위에도 나름 이유가 있을 터

식별(識別)서 고독하게 담긴 따스한

진심은 명료하게 불순(不純)을 감식하게 하고 진위(眞僞)가
불필요한 새로운 세계로 인도한다.

예,

간밤꿈

천국
꽃밭

천국
비둘기광장

천국
나무길

꽃잎

초봄
잎 돋고 꽃 피기 전 실핏줄 나뭇가지 울어대는

도살장에 끌려가는 어린 양처럼
털 깎는 사람 앞에 잠자코 서 있는 어미 양처럼*

당신 사랑 도저히 모르겠는데
어느덧 그렇게 살고자 합니다.

*이사 53, 7

나무

파르스름한 등빛 잿빛 긴 복도

뭔가 떡잎 가지런한 연둣빛 날개, 책임

진심 2

숲 어둔 그림자,
괜찮다괜찮다밤송이들

뭐가 뭔지 살수록 모르겠어서
그분으로 살아낸다는 휘감은 삶은 어떠한 건지 여쭈어보
려다

순환의 사계(四季)나무이게 하여주십시오.
때가 있다 하심 때에 충실함을

생명

발자국 또박또박코자 생각되는데

현재(現在)는 현재(顯在)를 볼 수 없었음 뒤늦게

허(虛)함 고개에

제발, 나에게서 나오라 하시나요.

감사하라 하시나요.

만발(滿發)하는 질문의 밭을 가꾸려 합니다.

사막밤하늘

못들 박히었다 생각했어.
그 못들 빼느라 그 못들로 박아버리게 되고 말았어.

상흔(傷痕)들, 용서라면 기도의 꽃들일까.

걷기

다닥다닥 붙은 꽃잎풀잎 안서
점점 재단(裁斷)

현실은 날 것 결핍의 흐느낌
그 공명(共鳴)

기도는 리듬(rhythm)에 맞추려는 것
생명 있는 모든 삶은 감내(堪耐)해야 함을 압니다.

현실을 사는 법
주신 이 하루 살아있음에

벗나무라

살수록 날 선 세파(世波) 저도 모르게 갈아대는 날 살아야 겠다나.

"아니요" 할 것은 세밀한 눈금자 "아니요"

"예" 할 것은 뭉근 인심 "예"

너는 나를 사랑하느냐

안뜰 한 가운데 그들 가운데 끼여 앉아, 이 사람들을, 슬퍼
일상(日常)

뽀사삭거리는 말간 새 울음이 강론(講論) 같은 흐린 정오
미사

심연(深淵)
주님, 주님은 누구십니까.

색동실타래

빛으시나요.
밤이 업고 밤이 안고

이음바느질 보이는 지점(至點),
진정성

순간순간 선택 2

황금이 열리지 않는 꿈을 심는 꽃밭에 어김없이 겨울이 찾아든다면

반짝이는 절대 사랑 절대 고독 당신께서 살고 계시는 밤하늘별들

시공(時空)에서 꿈이 아님 살 수 없는 꿈이 살아갈 수 있는 길

제3부

나무사랑

한 그루마다 흔들릴 때 숲 흔들립니다.
한 그루마다 바라볼 때 숲 바라봅니다.
한 그루마다 속삭일 때 숲 속삭입니다.
한 그루마다 다가갈 때 숲 다가갑니다.

한 그루마다 살려할 때 숲 살아갑니다.
한 그루마다 나눌 때 숲 나눕니다.

풋향기

아침이야. 그래도 매 새날
아침이야. 긴 매 여전한 꿈

웃음을 잃어버렸어 둘둘 말려 펼쳐져와 앞에 떡 멈췄는데,
문양(文樣)
　결국 뿌려지는 뚝 부러뜨린 꽃모가지들
　덮고 가는 천

그리스도에게서 그리스도를 만나지 못하는 부끄러운 속내
입니다.
　풋사람들 내음에 저도 풋사람입니다.

큰사람

또 장마가 시작된답니다.
멀어져 검붉어짐이
쌓여져 바수어짐이

헤아림에 꾸준함 물음표
지구인(地球人) 자격이 있겠는지.
그리스도상처

들녘

인간이 무엇이기에
뜨거운 됫박에 듬뿍

지상의 사람은, 불면(不眠)의 가정 학교 일터 연회 교회 군
대 의원…무덤

저 먼 연(緣) 하나하나 엮어 이삭 수(繡)놓으련
생명에 환대 존재에 환대

은하(銀河) 깊어진 밤

그때그때 나의 삶의 언어로만 아니었더라면
알아듣지 못하는 새의 언어는 참 말갛기도 하다.

사람이 절망임에 이르렀을 때 내 등불이 꺼져갈 때
어둠이 드러낼 때까지 있기로 했다.

또 뜨거운 여름 책상 위에 엎드리고 말았습니다.

십자나무묵언(黙言)

이 강 흘렀을까.

이 산 박혔을까.

이 흙 아팠을까.

이 허공 슬펐을까.

이 하늘 울었을까.

이 풀 살았을까.

제 자리마다 심긴 나무들인가 싶다가

끝까지 동행해주시는 그분이신데 왜 싶다가

그래서 저마다 기다려주시겠구나 싶다가 숨은 것도 보시는

분이시니.

단초(端初)

무너뜨려지지 않는 벽이 사람

변화하려들지 않는 벽이 지구

절망하려들지 않는 벽이 탐욕

벗어나려들지 않는 벽이 마음

석류

못 박히는 사실
못 박히는 진실

관념의 봄에 살고 있습니다.

유리에 스크래치(scratch)만 읽어내는 하루하루에

볼그스름한 알갱이 알맹이 울음

십자가(十字架)서,
"아버지, 저들을 용서해 주십시오. 저들은 자기들이 무슨
일을 하는지 모릅니다."*

*루카 23, 34

거울

지어도

여쮜도

어젯밤 언어는 이 아침 더 마른 보푸라기

안개 속 안개꽃 하얀

추천(鞦韆)*

수확 때까지 기다려주시는 복잡다단함 안 밀과 가라지입
니다.

그저 당신으로 살 수밖에 없음을 알 뿐입니다.

*추천(鞦韆): 그네

눈밭

질문에 질문할 틈도 없는 생존 휘어짐

못(針)

질문에 질문할 틈도 없는 생존 꼿꼿함

겸허(kenosis)

조각조각 둥근 꽃잎 흩날리듯 지구(地球)

흘러나오는 미지(未知)의 배 갑판에서 안내와 경청은 미세
한 식별의 감지, 인류가 탄 배

하늘나라
이유
하늘나라
경작(耕作)
하늘나라
거름
하늘나라
빛밭
하늘나라
그릇
하늘나라
두레박

COVID-19

　승선한 지구는 망망대해에서 일이 생겨버렸습니다. 무사히 항해하여 정박지에 도착하여야 할 텐데요. 지구 속은 부서진 파편들로 수북합니다. 치유가 필요한 게지요. 목자 없는 양들 같이 찾아 헤매는 인류는, 하나하나 부르시어 생명밭으로 인도하시는 음성을 기억하여야겠습니다. 측은히 여기시는 결을 닮아 헤아리고 보살피어 서로에게 생명이 되어야겠습니다. 맞닥뜨리는 우리네 한계를 다독이며 먼 길 함께해야겠습니다. 서로 사랑해요.

무소유

연유(緣由)가 소유 때문이라면요.
연유(緣由)가 존재 때문이라면요.

미묘한 지점, 묵직한 깃털이라면요.

두 개를 쥐었을 때
머뭇거리지 마세요.
그 중 더 좋고 더 아름답고 더 기쁠 것을
주세요.

와서 아침을 먹어라

푸릇푸릇 울긋불긋 끼니에 담기려 왔을
겪었을 그 무수했을 얘기에 귀기울이며
경건히 감사히

맞갖은 자격이란 단어에 설익은 빈번함으로
진득하게 긴 길에 불평 없는 아이가 되어 갑니다.

귀히 여김

저마다 다른 창(窓)이지요.

느지막이 이른 지점. 나름 그간 만들어진 하늘두레박. 이에 반대급부였던 수많은 경험치의 언어가 침묵에서 저마다 품격으로 발화되길 너른 푸르른 풀밭에 놓아둡니다.

초록별

거리는 기도 몇 소절 드릴 빈손 없이 허겁지겁 본성의 고개 내밂에 머물곤 합니다.

산하(山河)는 어떠할까요.

말 없는 말 건넴에 고독이 살아 좀 견딜 만합니다. 고유성의 모든 것에, 귀 있는 자 듣겠습니다.

순례자

두 발 뻗을 여백 없어 관(棺)보다 짧은 모서리. 이 여행에서 까치 비둘기 목련화 철쭉 야생화 길고양이 바위 풀밭 앞산 하늘 만난 애들 생각하다가 고이는. 선(善)의 수많은 얼굴들이 빗발치며 튕겨져 나갔다들왔다 내홍(內訌). 무릇 사람은 쉬 변하지 않으니 삶통(痛) 삶 질 때까지라면. 걷기. 눌러온 보따리 펼치듯 매(每) 용서해 주십사 청해도 될까요.

우정

벼바구니서

양파
배추

심지에 가까울수록 학 같은 사람
사랑은 사랑을 식별합니다.

여백
행간

있어야 할 틈바구니

살아보니

하늘에 무엇을 심을 수 있을까 하고요.
땅서 진실한 삶 하늘서 심기는 사랑나무일.
진정한 나눔, 이 사랑나무에 함박눈보물로 쌓여질 거.

조각조각 벚꽃들

    푸른 하늘 아래 연한 노란 빛살이 하얀 성상(聖像)을 따르고 분수대에서 흘러내리며 부서지는 물살을 먹는 흰 비둘기 하나

    미구(美句)의 사려 참 허약하더라도
    현실의 마당

    층층 구름 속 하얀 태양
    저 태양은 태초부터 있어 왔겠구나.

    장엄축복메시지는 간간이 흩날리며 세계 곳곳에 나렸다.
허공에 맴돌다 지상에 닿는 꽃같이.

일상수련꽃

내적인 힘이 든든해야겠고, 왜곡에 유혹되어 연민을 변형하지 말 것이고, 절제로 품위를 지켜 불편함을 동반한 성찰로, 맞닥뜨리는 불신과 회의에서 깊은 사유의 길로 접어들고. 와중에 간헐적으로 주고받는 대화에, 녹인 암묵적 관심으로. 거리를 존중한 안정적인 신뢰기반을 묵직하게 만듦.

제4부

홍엽(紅葉)

밤새 궂은 날. 그분은 참 사랑해주신다, 의원 잘 갔다 오는
날 개인 하늘에 늘 말하시는 엄마

베들레헴 마구간 구유에
골고타 언덕 길 십자가에
그래서 점점 참 좋아합니다.

생각 하나

인간의 본성에 대한 통찰의 결핍은 현실의 장(場)에서 복음(福音)의 실천에 의문이 제기되고, 함의(含意)가 명료한 모습을 드러낼 때까지 모순과 갈등과 대립으로 상당히 괴롭히곤 하다. 그럼에도 그분께 두는 시선을 거두지 않을 때, 그것이 언제일지 가늠할 수는 없지만 '때'가 될 때까지 그분의 뜻은 계속되어 기다리고 계신다는 것만은 조금 확신한다. 그분의 뜻이야말로 완전한 것

생각 둘

인간이 발견한 학문의 제 영역은 생활과 삶에 도움을 줄 수는 있겠지만 절대적 진리는 그분의 진리고 그 진리가 자유를 줄 것이라는 사료(思料)에 이르렀다. 연인(戀人), 예수 그리스도에 관심과 숙고와 의문으로 내 머리가 꽉 차 있을 때가 자주다. 그런데 모르겠다. 그는, 설렘과 고민과 해석으로 거기 있다. 거기다, 아직은.

생각 셋

이런 때 빈번하다. 예수에게 담긴 뭇 언어의 화석화. 인간의 시공 너머이심으로, 또한 같은 시공에서 서로 마주하여 함께 공유하는 체험의 순간들을 벗어난 저 먼 시공에 있으셨음으로, 예수 그리스도는 아무리 한 인간으로 육화(肉化)했을지라도 그를 살려내어 살아내는데, 신비(神秘)의 영역이다.

생각 넷

갈망하며 지향하고자 한 (그분처럼) 사랑이라는 것이 오히려 사랑의 결여인 이념에 그쳤을지도 모르겠다는 슬픔. 두루뭉술할 수밖에 없는 우리네 삶을 단죄하여 이곳저곳을 빼고 잘라내 죽어가는 것을 너머 살아 있는 창조성과 여백으로 깨어 있는 생명력의 사랑을.

생각 다섯

다르게 다양한 방식으로 다가오십니다. 삶속 직접적, 간접적 다채로운 체험들에서 이에 녹아 있는 그분을 알게 모르게 만나게 됩니다. 점차 그분을 갈망하게 됩니다. 그분은 사랑과 선과 생명의 근원이시기 때문입니다. 궁극적으로 나를 비워 나의 모든 것을 그분을 위해 봉헌하게 합니다. 결국 그분을 가장 삶의 중심에 두는 삶을 살아가게 됩니다. 그분의 사랑이, 그분을 한없이 사랑하게 만든 것입니다.

크레파스

밤새벽낮바퀴 겨울봄여름가을바퀴
미혹(迷惑) 인간에게 쓰시는 서사(敍事)이고 시(詩)이지요.

정말 그래요.
새들 씨 뿌리지도 않고 거두지도 않고 곳간에 모으지도 않
아요.

정말 그래요.
들에 핀 나리꽃들 애쓰지도 않고 길쌈하지도 않고 차려입
지도 않아요.

아침산책

앉다 오렴

잊다 오렴

쉬다 오렴

씻다 오렴

웃다 오렴

꿰다 오렴

짓다 오렴

입다 오렴

맑다 오렴

미사 때 제대를 막 뛰어다니는 앙증맞은 자그마한 아이

관대 그 정경(情景) 속 그저 충만한 아이 같았으면 좋겠다는

강

줄기줄기 밀려드는 이유도 모른. 이유 찾기조차 폭포

무심히 순히 관조하는 둥근 불편함

별 같은 꽃

당위(當爲) 규범(規範) 의무(義務) 책임(責任) 권리(權利)가
민낯입니다
균열(龜裂) 불화(不和) 분쟁(忿爭) 낯 들여다봅니다.

참 빛
그 빛… 샘
거짓 빛
그 빛… 늪
이 빛들을 보게 되었습니다.

미세(微細)의 악(惡)도 작동할 수 없는 구조였으면
관여할 줄 모르는 자각의 양심이었으면

미세한 악(惡)의 집적, 배태(胚胎)의 귀결들 귀띔, 마음껏
질기게 자라감에 이미 늦더라도 풍경(風磬)*이때

*풍경(風磬): 절이나 누각에서, 처마 끝에 다는 작은 종

비둘기들의 만찬

성찬 아닙니다.
과식 아닙니다.
흥청 아닙니다.

당신이 만든 평화의 새 비둘기, 사람들에게 밉보여 배를 곯
습니다.
사람들 마음밭 곯고 있음이 분명합니다.
평화도.

언뜻언뜻

어찌 다 새들을 만드셨을까.
어찌 다 이 꽃들을 만드셨을까.
어찌 이 나무를 만드셨을까.

사는 게 뭘까.

사랑 있는 사랑 평화 있는 평화

"사울아, 사울아, 왜 나를 박해하느냐?"* 울먹임

같은 하늘 밑 길목 군데군데 어슴푸레 이기(利己)이타(利
他) 더미
허구로 불화하는 지난(至難)의 장(場)인 스타디움(stadium)
입니다.

희망함절망함에 징검돌 놓는 사람들입니다.

*사도 9, 4

어떻게 살아야 할 것인가

그리시어 하늘나라 가면 여쭈어볼 것 많다하시던 채준호 신부님 떠나시고

고(故) 채준호 신부님 추모하시며 못내 그리워 차마 보낼 수 없는 이*라시네.

*김상용 SJ, 『사랑이 먼저 내게 다가왔다』, 생활성서, 2012, 142~143쪽.

연잎

먹어도 먹어도
하여도 하여도
걸어도 걸어도 심(心) 행(行) 그 자리일까.
주셔도 주셔도
오셔도 오셔도

실뭉치는 헝클리어 자기만의 방을 감아 돌까.

아이야,
그린 사랑의 포장지를 벗기려무나. 다독(多讀) 다작(多作)
다상량(多商量)은 고유한 생명나무를 자라게 할지니, 그분
안서. 그리하여 눈에는 너의 눈으로 이에는 너의 이로 사랑을
하려무나. 그분의 언어는 침묵의 언어란다. 깨어 있음의 그 고
단한 길을 가야 한단다.

눈망울

어젯밤 본 사진들. 아버지
언저리 모든 것을 말하고 있는 우수(憂愁)가 이 늦게.

하늘에서 보셔요.

그분께 전하셔요.

소진되어 가는 의미들에 딱 부러지고만 싶을 때마다 그래
도 견뎌내길 우직한 나를 너무나 잘 아는 그의 기도일.

단상 하나

한창 치기와 만용이 넘실대던 즈음, 예기치 않던 통고가 찾아온 겨울 그 밤 의원에 가기 전 저는 집에서 누워 세례를 받고 싶다고 엄마에게 말씀드렸고 그리하여 신부님께서 직접 방문하셔서 세례를 받게 되었지요.

제게 닥친 고통의 무게는 짐으로 계속되기에, 신앙인이라면 누구나 하는 '왜 내게 이런 고통이'라는 지점이 늘 따라다녔었지요.

모든 것이 늦된 사람이라 이 봄 어느 날 문득 생각나는 거예요. 아, 그분은 제가 고통의 문으로 들어서는 것을 이미 미리 아시고, 당신과의 동행을 마련해주셨던 것이라는 것을요. 그분은 그런 분이신 거예요.

개인사에서 까마득하게 잊어버리고 있었던 이 엄청난 은총(Grace)을 이제야 발견한 거예요. 희미한 촛불처럼 타듯 말듯 해온 삶이라 부끄럽기 그지없지만요. 그분은 늘 함께하시기에 이제는 그분의 침묵의 언어에 경청하려 합니다.

단상 둘

글쓰기는 삶의 면면에 담긴 언어를 채굴하여 형상화하는 일련의 과정이라고 볼 수 있을 듯합니다. 한데 이 언어라는 것이 정말 휘발성이 얼마나 강한지, 솔직히 고백하건대 '순간적 진실'인 거예요.

믿음도 이러하지 않을까 생각해봅니다. 매 아침 일어나면 새롭기도 하지만 새로운 믿음이 시작되길 기다리고 있는 듯 했습니다. 바닷가 모래집처럼. 무너지면 또 짓고의 반복이었지요.

한데 이상한 게 나무의 나이테 같은 거라 감지되는 거예요. 보이지 않음 속에서 손톱반달만큼씩 자라고 있지요.

그래서 실낱같은 깨침이 있었습니다. 가시적인 것 그 너머에 우리가 규정지을 수 없는 무엇인가가 있을 것임이 분명하고 이를 희망할 때, 그분의 이끄심에 의탁할 수 있고 실현할 수 있을 거라는. 풀꽃들 웃음이 발밑에서 구릅니다.

단상 셋

예수 그리스도. 이 분에 관하여 곳곳 때때 되새겨보곤 합니다. 불가해한 그의 면모 앞에서 경이의 감탄과 찬미가 터져 나옵니다.

한편 현실에서 예수 그리스도를 살아내야 하는 문제와는 별개이곤 합니다. 그의 가르침과 삶 죽음과 부활을 따름이 신앙인의 소명일진대. 2000여 년 전 예수가 왔다 간들 우리네 삶의 양태는 여전한 듯합니다.

다만 예수 그리스도의 탁월한 절정의 자비가 지향함이, 인간의 품격에 둠으로 세상의 가치에 매몰되려 할 때 기댈 언덕 같은 든든한 심지가 되어 주시지요. 그리고 곁과 속도 둘러보게 하심에, 가르쳐주신 천상을 지상에서 꿈꿉니다.

보이지 않는 곳 어디서든 항상 응원하고 계실 따스함이 전해져옵니다. 감히 예수 그리스도마냥 그분의 도구가 될 수 있다면요. 그 사랑 전할.

국화

기다리는
기도하는

감사하는
용서하는

보아도 못 보는 것에 조롱조롱 열리는 보려함이더이다. 길도 잃고 산도 많고 아래로 아래로 흐르는 강물, 당신들이더이다. 특별히 사랑 많은 얼굴 그리며.

해설

밤하늘 결곡한 별들의 순례

김상용(시인, 예수회 사제)

이채현 시인의 새 시집『봄벗』의 시편들을 읽어내려 가면서 내 맘에 가장 먼저 와 닿았던 소식은 희망이다. 깜깜한 밤하늘의 어느 연약한 별무리들이 세찬 겨울바람에 시달리면서도 거룩하고 결곡한 별들의 운행을 멈추지 않으며 한 방향으로 정향되어 순례하듯이 움직이는 겨울밤의 별들이 갖는 희망 말이다. 시집의 제목은 봄과 연관된 손님 혹은 벗에 관한 이야기이지만, 시집 내용 전반을 장식하는 어느 힘겨운 시간들에 대한 비유는 깊은 겨울이다. 하지만, 시인은 희망을 잃지 않고 자신의 노래를 전한다.

막다른 골목까지 이르고서야 돌아 나와 다른 길로 가는 이들이 있다.

골목 끝 끝이기만 할까.

마음의 각도를 조금씩 옮기며 풀빛이 살아나는데 벽을 타고
오르는데

—시 '희망' 전문.

막다른 골목의 끝까지 가 보는 사람들, 이들을 두고 우리는
순례자라고 부른다. 길의 끝까지 가는 사람들이 간직한 속성
의 공통점은 담대함과 그 길 밖에 다른 길이 시야에 들어오
지 않는 외골수적인 강직함이다. 시인은 단 하나의 길 위에
서 있고자 안간힘을 쓴다. 그 길은 때론 원천적인 회의감과 의
심을 일으키는 도전의 길이기도 하다. 그러기에 시인은 골목
끝이 진짜 '끝이기만 할까'라고 자신에게 되묻는다. 바로 거기
서 시인은 끝의 희망을 본다. 끝일 줄 알았던 바로 그 골목의
종착지에서 생명이 희미하게 피어오르는 그래서 풀포기 하나
가 가까스로 벽을 타고 오르는 신비롭고 경이로운 희망의 반
전을 읽는다. 시인은 '끝'에서 절망하지 않는다. 이 말은 마치
'희망할 수 없는 곳에서 희망하는(hope against hope)' 담대함
을 지닌 초기 그리스도교 공동체의 사도 바오로의 서간에 비
친 그의 신앙(로마서 4장 18절)과 매우 흡사하다. 시인은 절
망의 끝에서도 풀빛의 윤기를 볼 수 있고 겨울 한 복판에서
도 도래하는 봄을 볼 수 있는 희망의 시야를 지닌 존재이기
때문이다.

어찌 웅숭깊은 극지(極地)서 비추이는 가지 사이 금빛

—시 '겨울 숲' 부분.

다시금 시인은 극지의 웅숭깊은 공간에서 절대적 고독의 상
징이기도 한 극지, 그 생명이 동토에 얼어붙은 곳에서 생명의 금
빛을 바라본다. 그 빛의 진원지는 아마도 시인이 신앙하는 깊
은 종교적 근원과 닿아 있다. 시인의 종교는 생명과 길과 진리
를 노래하는 종교임에 틀림없다. 앞선 시 '희망'에서는 길을 걷
고 있는 순례자로서의 시인의 면모를 가다듬게 하고 지금 이
시, '겨울 숲'에서는 생명을 노래한다. 극지의 금빛 생명은 완전
한 새로운 생명으로의 초대를 은유하기도 한다. 이른바, 파스타
의 금빛 찬란한 새로운 변모로서의 생명 말이다. 마지막으로 시
인은 자신과 만나는 매일의 기도 안에서의 절대자와의 인격적
만남 안에서 진리를 길어 올리고자 자신의 영혼을 봉헌한다.

마음의 잔치서

허위(虛僞)에 회칠하려 들수록 허위(虛僞)가 명료하게 드러
난다. 허나 어떤 허위에도 나름 이유가 있을 터

식별(識別)서 고독하게 담긴 따스한

진심은 명료하게 불순(不純)을 감식하게 하고 진위(眞僞)가
불필요한 새로운 세계로 인도한다.

예,

−시 '인격적 만남' 전문.

시인이 표현한 마음의 잔치는 기쁨만을 의미하지는 않는다. 시인을 관통하는 하나의 인생어는 고통과 겨울이며 깊은 밤이기에 그러하다. 따라서 반어적으로 사용한 이 마음의 잔치는 이러한 맥락 가운데, 다음 행을 잇는 '허위'에 가 꽂힌다. 마음 안에서 허위와 거짓이 잔치를 벌이듯 횡행하는 시인 자신의 고통스러운 어둔 밤을 내면화한 상징이기에 더더욱 그렇다. 하지만, 다시금 시인은 따스한 희망을 잊지 않는다. 그의 신앙은 사랑이며 희망인 것이다. 시인이 간직한 진심이 불순함을 감식하여 새로운 세계로 시인 자신을 인도한다.

그 세계를 진리라고 시인을 부르고 싶어 할지도 모른다.
하지만, 그 영역에 가장 먼저 다다른 이는 시인만 모르고 모두가 다 안다.
시인 자신이다. 그녀가 가장 먼저 그곳에 가 닿았다.
생명과 길과 진리에.